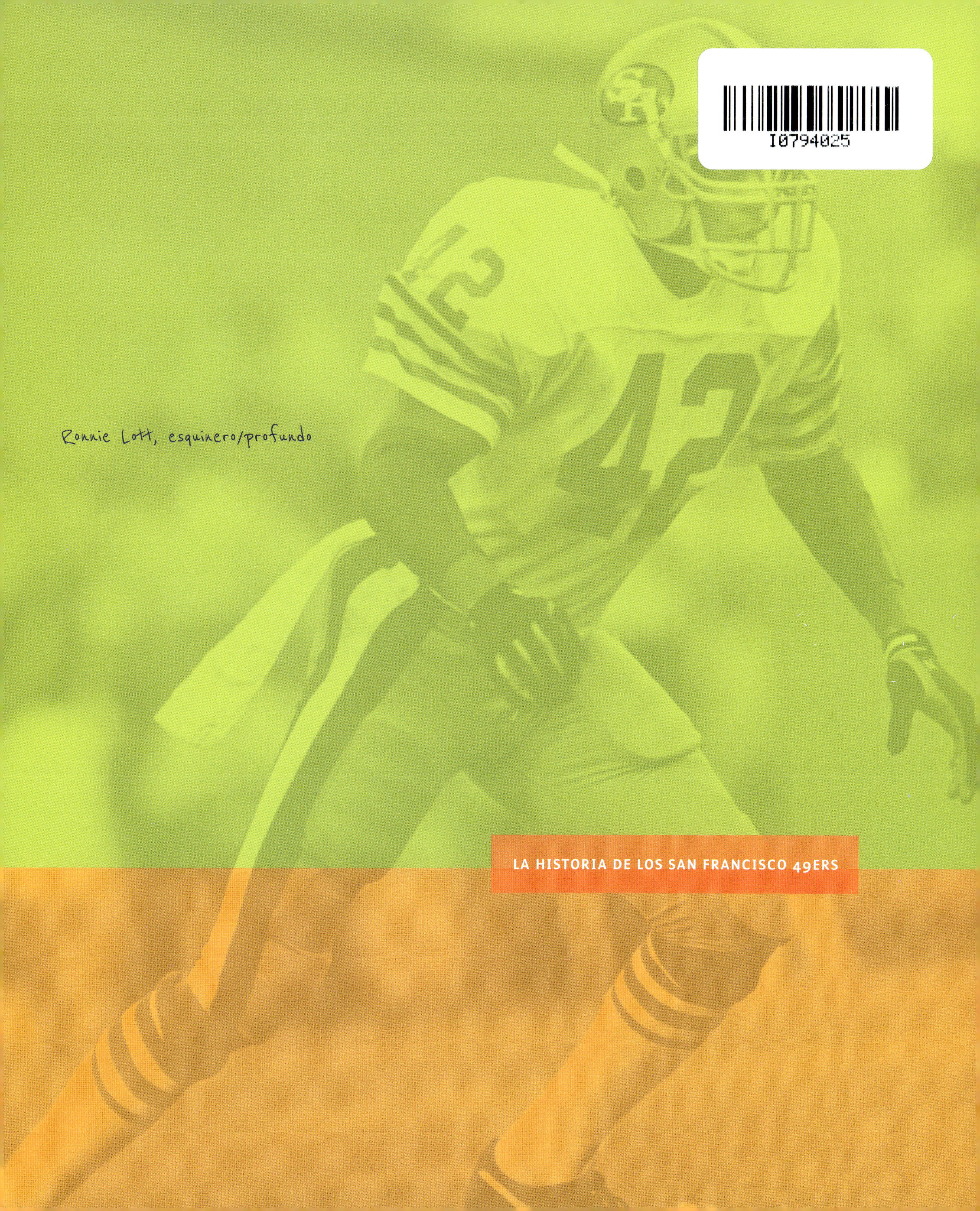

Ronnie Lott, esquinero/profundo

LA HISTORIA DE LOS SAN FRANCISCO 49ERS

Christian McCaffrey, corredor

LA NFL HOY EN DÍA

LA HISTORIA DE LOS

SAN FRANCISCO 49ERS

JIM WHITING

Terrell Owens, receptor

CREATIVE SPORTS

CREATIVE EDUCATION / CREATIVE PAPERBACKS

Publicado por Creative Education y Creative Paperbacks
P.O. Box 227, Mankato, Minnesota 56002
Creative Education y Creative Paperbacks son marcas
editoriales de The Creative Company
www.thecreativecompany.us

Dirección de arte por Tom Morgan (www.bluedes.com)
Art direction by Rita Marshall

Fotografías por Getty (Andy Hayt, Bettmann, Brian Bahr, Cooper Neill, Ezra Shaw, Focus on Sport, George Gojkovich, George Rose, Heinz Kluetmeier/Sports Illustrated, Justin K. Aller, Kirby Lee, Leon Halip, Michael Owens, Michael Zagaris, Nhat V. Meyer/Digital First Media/The Mercury News, Otto Greule Jr./Allsport, Robert Beck/Sports Illustrated, Robert Riger, Ronald Martinez/Allsport, Roy Dabner/AFP, Walter Ioss Jr./Sports Illustrated), NFL (Frank Rippon)

Library of Congress Cataloging-in-Publication Data
Names: Whiting, Jim, 1943- author. | Whiting, Jim, 1943- NFL hoy en día.
Title: La historia de los San Francisco 49ers / by Jim Whiting.
Other titles: Story of the San Francisco 49ers. Spanish.
Description: Mankato, Minnesota : Creative Education and Creative Paperbacks, [2025] | Series: Creative sports: la NFL hoy en día | Includes index. | Audience: Ages 8-12 | Audience: Grades 4-6 | Summary: "Translated into North American Spanish, middle grade football fans are introduced to the extraordinary history of the NFL's San Francisco 49ers with a photo-laden narrative of their greatest successes and losses"-- Provided by publisher.
Identifiers: LCCN 2023044099 (print) | LCCN 2023044100 (ebook) | ISBN 9798889891574 (library binding) | ISBN 9781682775509 (paperback) | ISBN 9798889891659 (ebook)
Subjects: LCSH: San Francisco 49ers (Football team)--History--Juvenile literature. | Football players--United States--Biography--Juvenile literature. | CYAC: San Francisco 49ers (Football team). | Football. | LCGFT: Biographies.
Classification: LCC GV956.S3 W5518 2025 (print) | LCC GV956.S3 (ebook) | DDC 796.332/640979461--dc23/eng/20231101
LC record available at https://lccn.loc.gov/2023044099
LC ebook record available at https://lccn.loc.gov/2023044100

Impreso en China

Frank Gore, corredor

CONTENIDO

LOS GRANDES DEL FÚTBOL AMERICANO

DEL PEOR AL PRIMERO

En la temporada 1979 de la National Football League (NFL), los San Francisco 49ers ganaron solo dos partidos. Con ello, los Niners —como solían llamarlos— empataron con los Detroit Lions por el peor récord de la liga.

Sin embargo, solo dos años después, los 49ers se elevaron a un récord de 13–3. Era el mejor récord de la liga. ¡Ahora, los 49ers jugarían en el Super Bowl XVI (16)! Fue uno de los giros más sorprendentes en la historia de la liga.

San Francisco se enfrentó a los Cincinnati Bengals. Ninguno de los dos equipos había estado en un Super Bowl.

San Francisco fue torpe en la patada inicial. Cincinnati se recuperó. Pero varias jugadas más tarde, el profundo de los 49ers, Dwight Hicks, interceptó el pase del mariscal de campo de los Bengals, Ken Anderson. El mariscal de campo de San Francisco, Joe Montana, llevo al equipo campo abajo. Él anotó en un movimiento furtivo de una yarda del mariscal de campo. San Francisco iba ganando por 7–0.

Los Bengals casi los empatan en el segundo cuarto. Pero perdieron el balón muy adentro del territorio de los 49ers. Nuevamente, San Francisco se aprovechó de una pérdida de balón. Avanzaron 92 yardas. Montana las coronó con un pase de touchdown de 10 yardas al corredor de poder Earl

Joe Montana, mariscal de campo

JOE MONTANA
MARISCAL DE CAMPO
TEMPORADAS DE LOS 49ERS: 1979–92
ALTURA: 6 PIES Y 2 PULGADAS (1,88 M)
PESO: 200 LIBRAS (91 KG)

LA MAGIA DE MONTANA

"En el momento en que vi moverse a Joe [Montana], en mi mente no había duda de que él era el mejor que había visto", recordó el entrenador principal de los 49ers, Bill Walsh. "Sabía que con la ofensiva que planeaba ejecutar, Joe estaría genial". Walsh tenía razón. Montana llevó a su equipo a cuatro títulos de Super Bowl. Su "magia de Montana" ayudó a los 49ers a ganar luego de ir perdiendo en el cuarto cuarto muchas veces. "Ha habido, y habrá, brazos y piernas mucho mejores, como también mariscales de campo con mejores cuerpos en la NFL, pero si tienes que ganar un partido o anotar un touchdown o ganar un campeonato, el único al que debes conseguir es a Joe Montana", afirmó Randy Cross, ex compañero de equipo de los 49ers.

Bill Walsh, entrenador principal

Cooper. Cuando quedaban cuatro minutos del cuarto, San Francisco avanzó el balón hasta la línea de cinco yardas de Cincinnati. No podían estar más cerca. Ray Wersching pateó un gol de campo de 22 yardas.

Cincinnati titubeó en la patada inicial. Los 49ers se recuperaron en la línea de cuatro yardas. Solo quedaban pocos segundos del primer tiempo. Wersching pateó un gol de campo de 26 yardas. Ahora, los Niners iban adelante con 20–0 en el medio tiempo. Fue la diferencia más grande en el medio tiempo en la historia del Super Bowl, hasta ese momento.

Los Bengals emprendieron una recuperación en el segundo tiempo. A principios del cuarto cuarto, redujeron la diferencia de puntuación a 20–14. San Francisco respondió con un gol de campo de 40 yardas por parte de Wersching, cuando quedaban solo cinco minutos. Eso aumentó su ventaja, quedando 23–14.

En la primera jugada después de la patada, el esquinero Eric Wright interceptó otro pase de Anderson. San Francisco avanzó hacia la línea de seis yardas de Cincinnati. Wersching conectó un gol de campo de 23 yardas. Cuando quedaban menos de dos minutos, San Francisco iba ganando 26–14.

Anderson apresuró a su equipo campo abajo. Lanzó un pase de touchdown de tres yardas cambiando la puntuación a 26–21. Pero quedaban solo 16 segundos. Cincinnati intentó una patada lateral. San Francisco se recuperó. ¡Fueron campeones del Super Bowl! Fue el primer título del equipo en sus 32 temporadas en la NFL.

"Este fue un raro momento en el que un equipo sin grandes estrellas ni experiencia se levanta", comentó el entrenador principal de los 49ers, Bill Walsh. "Fue el momento más destacado de mi vida. Ahora, todo puede pasar".

UN COMIENZO EN EL ÁREA DE LA BAHÍA

A principios de la década de 1940, el director de la compañía de fletes San Francisco, Anthony Morábito, quería unirse a la NFL. La liga denegó su petición. Así que Morábito y su hermano, Víctor, formaron un equipo en la All-America Football Conference (AAFC). El equipo empezó a jugar en 1946. Nombrarlo fue fácil. En 1848, cerca de San Francisco se habían descubierto ricos depósitos de oro. Miles de mineros se agolparon en la zona. Esperaban volverse ricos. Los apodaron los "forty-niners" por el año del pico de la fiebre del oro, 1849.

El mariscal de campo Frankie Albert dirigió al equipo. El corredor/esquinero Len Eshmont y el guardia Bruno Banducci eran jugadores clave. Los 49ers juntaron un récord combinado de 38–14–2 en cuatro temporadas de la AAFC. Desafortunadamente, los Cleveland Browns eran mejores todavía. Cleveland ganaba el campeonato de la liga cada año.

Len Eshmont, corredor

Leo Nomellini, tacleador ofensivo y defensivo

La AAFC se redujo en 1949. La NFL absorbió tres de sus equipos. San Francisco fue uno de ellos. Lograron solo 3–9 en 1950. En las siguientes cuatro temporadas, lograron récords de victorias. Entre los jugadores estrella estaban el tacleador ofensivo y defensivo Leo Nomellini, el corredor Hugh "The King" McElhenny y el corredor de poder Joe "The Jet" Perry.

Los Niners agregaron al receptor destacado R. C. Owens en 1957. Era una ex estrella del básquetbol. El mariscal de campo Y. A. Tittle le lanzaba pases "alley-oop" a Owens. Él se elevaba por encima de la defensa para atrapar el balón. "Es lo más raro que he visto jamás en un campo de fútbol", observó un reportero.

En 1957, los 49ers lograron 8–4. El novato mariscal de campo John Brodie dejó entrever todo su potencial a los aficionados. Sustituyó al lesionado Tittle en un partido contra los Baltimore Colts. En el último minuto, Brodie lanzó el pase de touchdown con el que ganaron el partido. Los 49ers hicieron su primer viaje a las eliminatorias. Perdieron contra los Detroit Lions.

Pasarían 13 años antes de que los Niners regresaran a las eliminatorias. Durante ese tiempo, no ganaron más de siete juegos en una temporada.

Hubo un desarrollo significativo. A finales de la temporada 1960, el entrenador principal Howard "Red" Hickey decidió usar una nueva formación. El mariscal de campo se alineó varias yardas detrás del centro. Atrapó un pase rápido. Lo flanquearon corredores. Ayudaron a detener a los pasadores. Esto le dio más tiempo al mariscal de campo para mirar campo abajo. Hickey llamó a esta formación la "escopeta". Con el tiempo, todos los equipos de la NFL la adoptarían. Para tener éxito, el mariscal de campo debía poder escabullirse de quienes querían taclearlo. Brodie era más inconstante que Tittle. "Yo detuve a John hasta la escopeta", admitió luego Tittle.

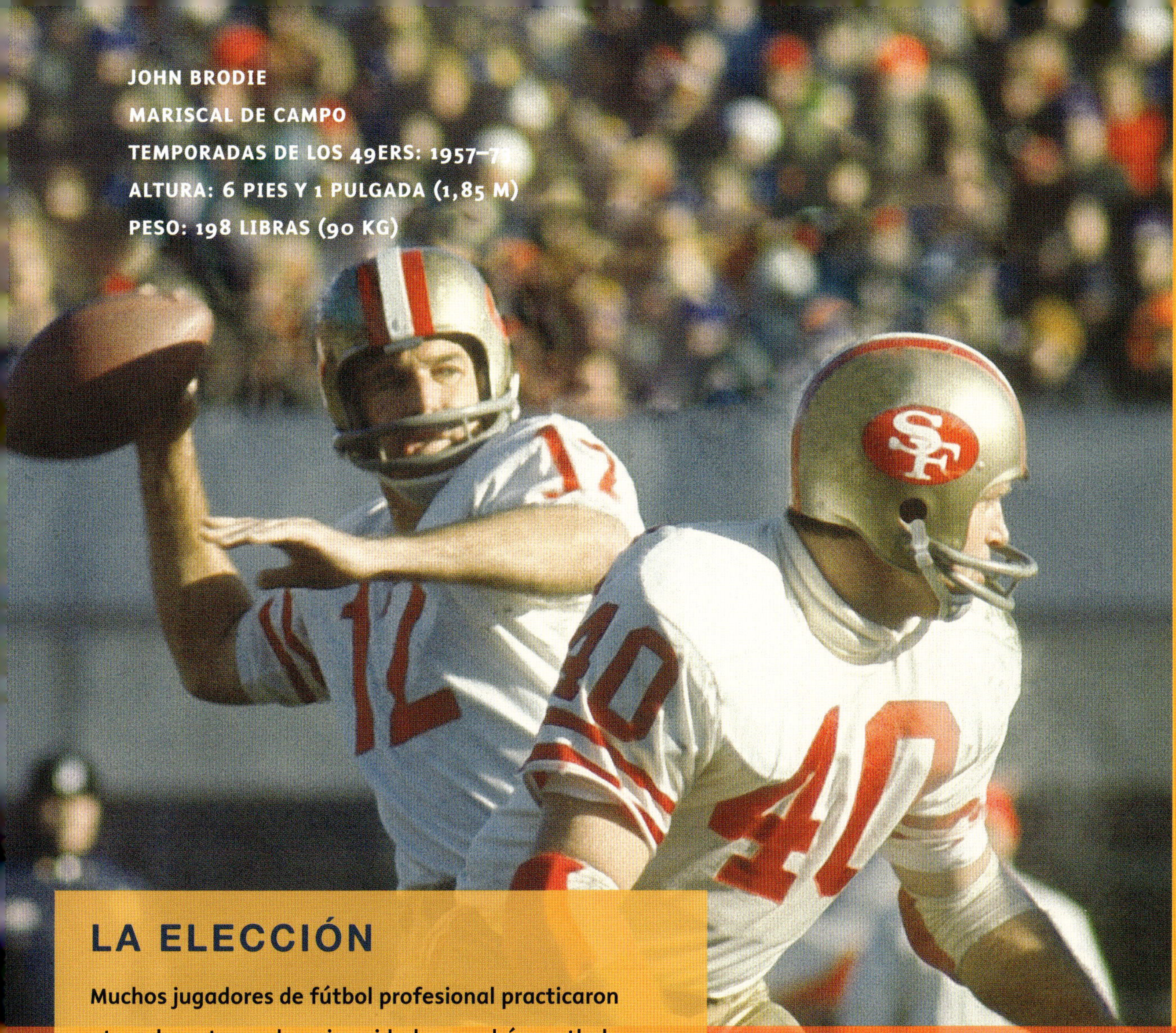

JOHN BRODIE
MARISCAL DE CAMPO
TEMPORADAS DE LOS 49ERS: 1957–73
ALTURA: 6 PIES Y 1 PULGADA (1,85 M)
PESO: 198 LIBRAS (90 KG)

LA ELECCIÓN

Muchos jugadores de fútbol profesional practicaron otros deportes en la universidad, como básquetbol y béisbol. John Brodie es, quizá, el único que jugaba golf. En al menos una ocasión, faltó a la práctica de fútbol de primavera en la Universidad de Stanford para jugar en el equipo de golf de la escuela. Después de unirse a los 49ers, Brodie jugó en torneos de golf durante la temporada baja. En 1958, ganó el torneo Amateur del Norte de California. "Tenía que decidirme", dijo él. "No podía ser profesional en dos deportes y no hacerle justicia a ninguno de ellos". Eligió el fútbol. Jugó por 17 años. Lideró a la liga en yardas de pase tres veces. Brodie ocupa el segundo lugar de todos los tiempos en cuanto a intentos de pase (4.491), pases completos (2.469) y yardas (31.548) para los 49ers.

PARTIDO DE CAMPEONATO DE LA NFC
LOS DALLAS COWBOYS VS. LOS SAN FRANCISCO 49ERS
10 DE ENERO DE 1982

LA ATRAPADA

Cuando quedaba menos de un minuto, los Cowboys iban ganando por 27–21. Los 49ers tenían el balón en la línea de seis yardas de Dallas. El mariscal de campo Joe Montana giró hacia su derecha. Varios defensores del Dallas lo presionaron. Hizo un pase hacia la zona de anotación al receptor Dwight Clark. "Recuerdo que vi venir el balón y pensé: 'Vaya, eso es muy alto'", comentó Clark, quien saltó tan alto como pudo. Apenas y tocó el balón con la punta de los dedos. Eso fue suficiente. Aseguró el balón y fue touchdown. De una patada, los 49ers lograron el punto extra. San Francisco ganó por 28–27. A esta jugada se le conoció simplemente como "La atrapada". A menudo aparece en las listas de las 10 mejores jugadas individuales en la historia de la NFL.

Brodie llevó al equipo a lograr una marca de 10–3–1 en 1970. Fue nombrado El jugador más valioso (Most Valuable Player, MVP) de la liga. Los 49ers llegaron a las eliminatorias esa temporada y las dos siguientes. Los Dallas Cowboys los noquearon las tres veces. Siguieron años de frustración. Lo peor vino en 1978. Los 49ers ganaron solo dos partidos.

BILL WALSH Y "JOE COOL"

En 1979, San Francisco contrató a Bill Walsh como entrenador principal. "Cuando me hice cargo de los 49ers, éramos reconocidos como la franquicia menos talentosa y con menos experiencia de la NFL", dijo Walsh. Los 49ers eligieron al mariscal de campo Joe Montana en la tercera ronda del Draft de la NFL 1979. Dos años antes, él había llevado a la Universidad de Notre Dame al campeonato nacional.

Los recién llegados no disfrutaron de un éxito inmediato. En 1979, San Francisco ganó solo dos partidos. Montana se convirtió en el iniciador durante la temporada 1980. El equipo mejoró y tuvo seis victorias.

Para este momento, Walsh había empezado a armar una lista repleta de estrellas. En 1981, el equipo reclutó al profundo contundente Ronnie Lott. Otra añadidura clave fue el apoyador veterano Jack "Hacksaw" Reynolds. Se ganó su apodo en la universidad. Había cortado un auto a la mitad con una sierra.

Las piezas encajaron. San Francisco venció a los Cowboys por 28–27 para el campeonato de la NFC, con un tardío pase de touchdown conocido simplemente como "The Catch" (la atrapada) entre los aficionados de los Niners. Coronaron la temporada al derrotar a los Bengals en el Super Bowl XVI.

La siguiente temporada fue una decepción. San Francisco ganó solo tres partidos en una temporada acortada por las huelgas. Los Niners regresaron con fuerza en 1983. Terminaron 10–6. Los Washington Redskins los vencieron en el partido de Campeonato de la NFC.

Pero los 49ers estaban a punto de hallar oro. En 1984, vencieron a los Miami Dolphins 38–16 en el Super Bowl XIX (19). Siguieron logrando marcas ganadoras. Superaron a los Bengals por 20–16 cuatro años más tarde en el Super Bowl XXIII (23). Montana le lanzó al receptor John Taylor un pase de touchdown de 10 yardas que les dio la delantera cuando quedaban 34 segundos.

Montana recibió gran parte del crédito por esta dinastía. Lo apodaron "Joe Cool". Se mantenía tranquilo en situaciones difíciles. Estaba rodeado de grandes jugadores. En 1985, el corredor Roger Craig se convirtió en el primer jugador en amasar más de 1.000 yardas de carrera y 1.000 yardas de recepción en la misma temporada. Jerry Rice surgió como un receptor de primera. Lideró la liga seis veces en cuanto a yardas de recepción y touchdowns.

Walsh se retiró después de ganar en el Super Bowl de 1988. El entrenador asistente George Seifert lo sustituyó. En 1989, San Francisco logró 14–2. Sus únicas derrotas fueron por un solo punto frente a los Los Angeles Rams y por cuatro puntos frente a los Green Bay Packers. Vencieron a los Minnesota Vikings por 41–13 en la ronda divisional de las eliminatorias. Ganaron el Campeonato de la NFC al vencer a los Rams, 30–3.

No hubo descanso en el Super Bowl XXIV (24) contra los Denver Broncos. Montana lanzó cinco pases de touchdown. San Francisco ganó por 55–10. Es el mayor margen de victoria en la historia del Super Bowl. Era su cuarta victoria de Super Bowl en nueve años. Montana empezó a sentir lástima por Denver. "Que te vaya así de bien en un Super Bowl hace que el partido sea divertido, pero llegas a un punto en donde empiezas a pensar qué se sentirá estar del otro lado", ccomentó Montana. En 2007, ESPN calificó a los 49ers de 1989 como el mejor equipo del Super Bowl de todos los tiempos.

Roger Craig, corredor

COCINANDO CON RICE

Los 49ers reclutaron a Jerry Rice en 1985. No tenían forma de saber que él se convertiría en el receptor más prolífico en la historia de la NFL. Él no era el jugador más veloz. Pero Rice tenía una velocidad engañosa. Esta lo convertía en una amenaza que podría "ir profundo" en cualquier partido. Tiene el récord de recepción durante su carrera de la NFL, con 22.895 yardas. El está 5.000 yardas adelante que el subcampeón. Fue nombrado Primer Equipo All-Pro 10 veces. Solo el centro de los Raiders, Jim Otto, tiene la misma cantidad. Muchas personas consideran a Joe Montana/Rice y Steve Young/Rice como las dos combinaciones de mariscal de campo/receptor más productivas de la liga. En 2010, NFL Films, del canal NFL Network, nombró a Rice el más grande jugador en la historia de la NFL.

JERRY RICE
RECEPTOR
TEMPORADAS DE LOS 49ERS: 1985–2000
ALTURA: 6 PIES Y 2 PULGADAS (1,88 M)
PESO: 200 LIBRAS (91 KG)

LA EMOCIONANTE DÉCADA DE 1990

En 1990, San Francisco logró 14–2 otra vez. Pero los 49ers perdieron frente a los New York Giants en el partido de Campeonato de la NFC, 15–13. Los Giants patearon el gol de campo con el que ganaron el partido cuando el tiempo se acabó. La temporada siguiente, Montana se lesionó el codo. El equipo volteó para respaldar al mariscal de campo Steve Young. Él se había unido a los 49ers en 1987. Los talentos físicos de Young eran evidentes. Podía lanzar con gran precisión. También era uno de los mariscales de campo que mejor corrían en la NFL.

En 1991, los 49ers lograron 10–6. Sin embargo, no llegaron a las eliminatorias. En 1992, Young empezó a destacar. Los 49ers lograron 14–2 otra vez. Era el mejor récord de la liga. Pero perdieron frente a los Cowboys en el partido de Campeonato de la NFC por 30–20.

El año siguiente, los 49ers lograron 10–6. Regresaron a las eliminatorias. Aplastaron a los Giants en la ronda divisional por 44–3. El corredor Ricky Watters corrió por cinco touchdowns. Con esto, fijó un récord dentro de la NFL de touchdowns en un solo juego de eliminatorias. Desafortunadamente, otra vez los Cowboys los detuvieron en su carrera hacia el Super Bowl durante el partido de campeonato de la NFC.

En 1994, todo se acomodó para San Francisco. Lograron 13–3. Rice tuvo 112 recepciones por 1499 yardas. Atrapó 13 pases de touchdown. Los 49ers llegaron rugiendo a las eliminatorias. Se vengaron de los Cowboys en el campeonato de la conferencia. Se encaminaron hacia el Super Bowl XXIX (29). Se enfrentaron a los San Diego Chargers. Young lanzó seis pases de touchdown, un récord para el Super Bowl. Él llevó a los 49ers a ganar con 49–26.

Riddell
80
adidas

En 1995, los 49ers lograron con esfuerzos el 11–5. Pero los Packers sacaron a San Francisco de las eliminatorias en la ronda divisional. Un año después, los dos equipos se volvieron a encontrar en la ronda divisional. Las pérdidas de balón perjudicaron a los 49ers. Perdieron por 35–14.

En 1997, los 49ers tuvieron una racha de victorias en 11 partidos. Terminaron 13–3. otra vez, San Francisco perdió frente a los Packers en las eliminatorias, esta vez en el partido de Campeonato de la NFC.

Los 49ers acumularon un récord de 12–4 en 1998. Se enfrentaron a los Packers en el partido de ronda de comodines. Cuando quedaban tan solo ocho segundos, Young le disparó un pase de touchdown de 25 yardas al receptor Terrell Owens. San Francisco ganó por 30–27. Sin embargo, la semana siguiente, Atlanta supero por poco puntaje a los Niners, 20–18.

En 1999, Young sufrió su cuarta conmoción cerebral en tres años. Se tuvo que retirar. San Francisco se derrumbó a 4–12. Era la primera temporada de derrotas del equipo en 17 años. Jeff García ocupó su lugar como mariscal de campo. Con pases, logró un récord para el equipo de 4.278 yardas en el año 2000.

Los 49ers alcanzaron las eliminatorias en 2001. Sin embargo, Green Bay los derrotó en la ronda de comodines. En 2002, los Giants iban adelante 38–14 a finales del tercer cuarto de la ronda de comodines. Entonces, los 49ers anotaron 25 puntos sin respuesta. Ganaron, 39–38, en un pase de touchdown, en el último minuto. Desafortunadamente, no pudieron reunir la misma magia en la ronda divisional. Perdieron frente a los Tampa Bay Buccaneers por 31–6.

Después de eso, tuvieron dificultades. En los próximos ocho años, no tuvieron ningún récord de victorias. El corredor Frank Gore fue una rara joya entre lo negativo. En 2006, alcanzó las 1.695 yardas. Era un récord para la franquicia.

Jerry Rice, receptor

LUCHANDO PARA VOLVER A SUBIR

Jim Harbaugh entró como entrenador principal en 2011. Los 49ers sorprendieron a sus aficionados con un récord de 13–3. Una clave para este cambio fue el mariscal de campo Alex Smith. Él había sido el primer seleccionado general de la Draft NFL 2005. Pero tuvo dificultades en sus primeros años en la NFL.

En la temporada regular, destacó el "Harbaugh Bowl". El hermano de Harbaugh, John, era entrenador de los Baltimore Ravens. Fue la primera vez que los hermanos se enfrentaron entre sí como entrenadores principales. Los Ravens ganaron por 16–6. En la postemporada, los 49ers se enfrentaron como anfitriones a los Saints en la ronda divisional. San Francisco iba perdiendo cuando quedaban nueve segundos. Smith disparó un pase de touchdown de 14 yardas al ala defensiva Vernon Davis. Los 49ers ganaron por 36–32. Desafortunadamente, la marcha de San Francisco hacia el Super Bowl terminó la semana siguiente. Los 49ers perdieron frente a los Giants en tiempo extra.

En 2012, los Niners terminaron 11–4–1. Corrieron en las eliminatorias hacia el Super Bowl XLVII (47). Se enfrentaron a los Ravens. Este fue otro enfrentamiento entre Harbaughs. A principios del tercer cuarto, Baltimore voló hacia el 28–6 e iba ganando. Luego, una falla de electricidad provocó una demora de media hora. San Francisco mejoró de nuevo. Sin embargo, no fue suficiente. Los Ravens ganaron por 34–31. La siguiente temporada, San Francisco logró 12–4. Se enfrentaron a los Seattle Seahawks en el partido de Campeonato de la NFC. Los 49ers perdieron por 23–17.

Atravesaron cojeando las siguientes temporadas. Empezaron el 2017 con nueve derrotas seguidas. Entonces, agregaron al mariscal de campo Jimmy Garoppolo.

Alex Smith, mariscal de campo

SAN FRANCISCO 49ERS

STEVE YOUNG
MARISCAL DE CAMPO
TEMPORADAS DE LOS 49ERS: 1987–99
ALTURA: 6 PIES Y 2 PULGADAS (1,88 M)
PESO: 215 LIBRAS (97 KG)

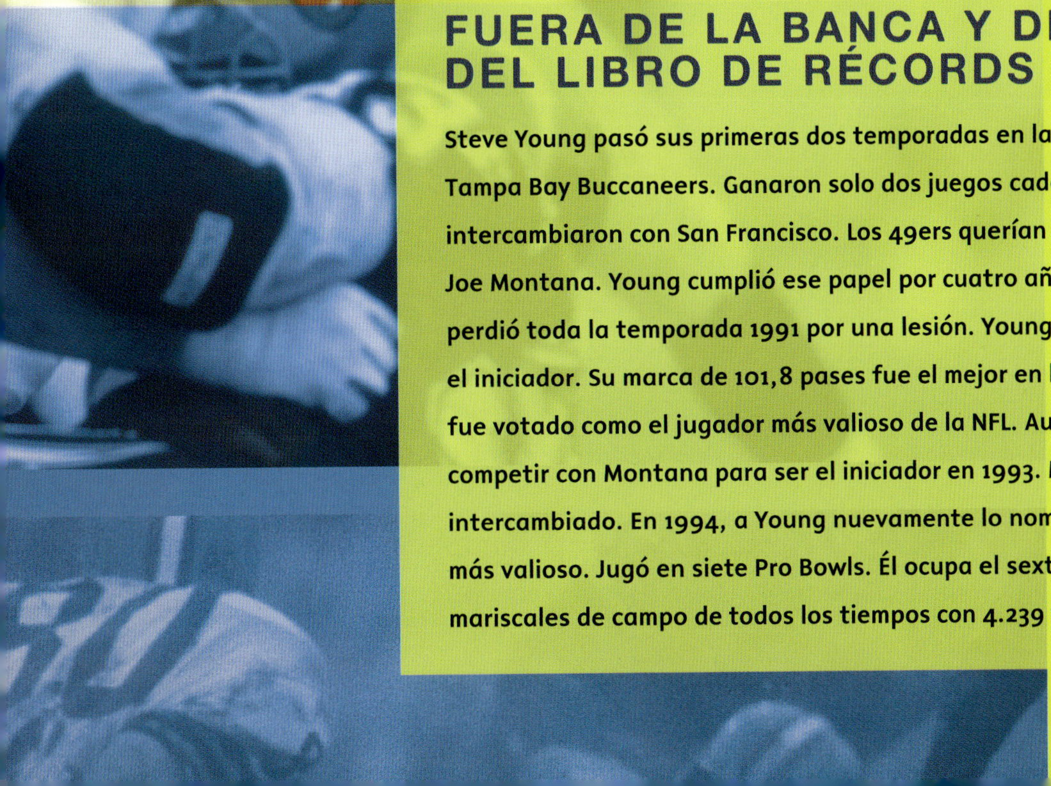

FUERA DE LA BANCA Y DENTRO DEL LIBRO DE RÉCORDS

Steve Young pasó sus primeras dos temporadas en la NFL con los Tampa Bay Buccaneers. Ganaron solo dos juegos cada vez. Luego, lo intercambiaron con San Francisco. Los 49ers querían un respaldo para Joe Montana. Young cumplió ese papel por cuatro años. Montana se perdió toda la temporada 1991 por una lesión. Young se convirtió en el iniciador. Su marca de 101,8 pases fue el mejor en la liga. En 1992, fue votado como el jugador más valioso de la NFL. Aun así, tuvo que competir con Montana para ser el iniciador en 1993. Montana pidió ser intercambiado. En 1994, a Young nuevamente lo nombraron el jugador más valioso. Jugó en siete Pro Bowls. Él ocupa el sexto lugar de los mariscales de campo de todos los tiempos con 4.239 yardas de carrera.

George Kittle, ala cerrada

Ganaron seis de sus siete últimos partidos para terminar 6–10. Los aficionados esperaban con ansias la temporada 2018.

Quedaron desilusionados. A principios de la temporada, Garoppolo se lesionó. San Francisco logró con dificultad un récord de 4–12. El profesional de segundo año George Kittle surgió como uno de los mejores alas defensivas de la liga. Logró 88 recepciones por 1,377 yardas.

Los Niners agregaron al ala defensiva Nick Bosa y al receptor Deebo Samuel en el Draft NFL 2019. El esquinero agente libre Richard Sherman apuntaló al secundario. Se elevaron hasta una marca de 13–3. Los Niners se enfrentaron a los Kansas City Chiefs en el Super Bowl LIV (54). Hacia el cuarto cuarto, San Francisco tomó la delantera con 20–10. Pero Kansas City anotó tres touchdowns. Los Chiefs ganaron por 31–20.

Luego de caer a 6–10 en 2020, San Francisco rebotó y logró un 10–7 en 2021. Pero perdieron frente a los Rams por 20–17 en el partido de Campeonato de la NFC.

Los 49ers empezaron con 3–4 en 2022. El versátil corredor Christian McCaffrey se unió al equipo a la mitad de la temporada. Garoppolo y el mariscal de campo Trey Lance resultaron lesionados. Brock Purdy tomó su lugar. Él era "Mr. Irrelevant" (el señor irrelevante). Esto hace referencia a que fue el último jugador elegido en el Draft de la NFL en 2022. Llevó al equipo a ganar en sus últimos seis partidos y en

SUPERANDO LOS OBSTÁCULOS

Frank Gore creció en una casa de dos habitaciones. Allí vivía junto con otros nueve familiares. Tenía dislexia, un problema de aprendizaje severo. Casi le impide ir a la universidad. Su madre consumía demasiados medicamentos. Luego, ella se enfermó de los riñones. Él se convirtió en su principal cuidador. Jugando fútbol universitario, él sufrió dos lesiones graves de la rodilla. Se lastimó el hombro en su año de novato. Sin embargo, Gore nunca se dio por vencido. "Pienso que todo pasó por algo", afirmó después. "Creo que por lo que pasé me hizo apreciar el partido aún más". Los aficionados del San Francisco sin duda apreciaron a Gore. Es el líder de carrera del equipo de todos los tiempos.

FRANK GORE
CORREDOR
TEMPORADAS DE LOS 49ERS: 2005–14
ALTURA: 5 PIES Y 9 PULGADAS (1,75 M)
PESO: 215 LIBRAS (97 KG)

49ERS
19

Nick Bosa, ala defensiva

las primeras dos rondas de las eliminatorias. Pero se lesionó durante el partido de Campeonato de la NFC contra Philadelphia. Los Eagles ganaron por 31–7.

Purdy estuvo saludable durante la temporada 2023. Su calificación de pasador de 113.0 fue la más alta de la liga. Tuvo mucha ayuda en la ofensiva. Los 49ers se convirtieron en el primer equipo en la historia de la NFL con cuatro jugadores que superaron las 1000 yardas desde la línea de golpeo. San Francisco logró un récord de 13-4 y el primer puesto de la NFC. Tuvieron que remontar para vencer a Green Bay y Detroit en los playoffs. Se enfrentaron a Kansas City en el Super Bowl LVIII (58). Los 49ers ganaban 10-3 en el entretiempo. Un punto extra perdido resultó crucial, ya que los equipos empataron 19-19 en el tiempo reglamentario. Los 49ers marcaron primero en la prórroga, con un gol de campo. Pero los Chiefs anotaron un touchdown para ganar 25-22.

Les tomó tiempo a los San Francisco 49ers sentirse cómodos en la NFL. Desde entonces, rara vez se han desviado de la contienda Cuentan con cinco títulos de Super Bowl. Solo los Pittsburgh Steelers y los New England Patriots tienen más. "La ciudad que rodea a la bahía" espera pronto ser anfitriona de otra celebración de campeonato.

Deebo Samuel, receptor

ÍNDICE